Life long learning

WITHDRAWN

FINNEY COUNTY
PUBLIC LIBRARY

🌿

Presented by

LSTA

GRANT

D1491000

FINNEY CO. PUBLIC LIBRARY
605 E. WALNUT
GARDEN CITY, KS 67846

EL BARCO DE VAPOR

Mai

Hilda Perera

Joaquín Turina 39 28044 Madrid

Colección dirigida por **Marinella Terzi**

Primera edición: abril 1983
Decimosexta edición: septiembre 1997

Ilustración de cubierta: *Fernando Gómez*

© Hilda Perera, 1983
© Ediciones SM
   Joaquín Turina, 39 - 28044 Madrid

Comercializa: CESMA, SA - Aguacate, 43 - 28044 Madrid

ISBN: 84-348-1149-9
Depósito legal: M-26729-1997
Fotocomposición: Grafilia, SL
Impreso en España/Printed in Spain
Imprenta SM - Joaquín Turina, 39 - 28044 Madrid

No está permitida la reproducción total o parcial de este libro,
ni su tratamiento informático, ni la transmisión de ninguna
forma o por cualquier medio, ya sea electrónico, mecánico, por
fotocopia, por registro u otros métodos, sin el permiso previo y
por escrito de los titulares del copyright.

1

MARIA siempre pensó explicárselo todo a Mai. Tenía pensado exactamente cómo y con qué palabras decirlo. Pero a no ser por Benito Pérez no lo hubiera hecho ese diez de mayo de 1979, antes de dormirse la niña.

Benito Pérez era prieto, gordo, desamigado y hostil. Nunca lo venían a buscar a tiempo (el día anterior se había quedado en el colegio hasta las seis de la tarde). Sus padres estaban divorciados y vivía con la abuela, una señora con mucho que hacer y pocas ganas de nieto, que lo dejaba por la mañana con cara de alivio y lo recibía por la tarde con cara de agobio. Además, como era medio sorda, daba trabajo contarle las cosas. No sabía de béisbol, ni de fútbol ni, en verdad, nada le interesaba tanto como una artritis propia, muy comentada por ella, que le apresaba el andar y le había puesto jibosos los dedos. Así y todo, estaba dispuesta a cumplir con los deberes del abuelato, siempre que fuera con el menor cansancio posible. Creía que con dar casa, comida y ropa limpia y decir «¡cállate, muchacho!», «¡no corras!», «¡pórtate bien!» y «¡mira bien antes de cruzar la calle!», cumplía su papel de vicemamá. Que, al fin y al cabo —solía decir a las vecinas en tono de queja—, «¡Dios sabe lo que hace en no darle hijos a los viejos! ¡Yo ya no puedo con este muchacho!».

Todo esto, en contraste con las caras alegres de niños y madres al encontrarse a las cuatro de la tarde, cuando sonaba el timbre, pesaba sobre el corazón de Benito como un nubarrón de lluvia, mitad resquemor y mitad envidia.

Por eso, quizá, cuando Mai atravesó el río multicolor y sonriente que formaban los niños a la salida del colegio, dijo lo que dijo. ¡La vio tan protegida, tan llegada a puerto, tan gustosamente recibida! Porque Mai traía siempre los vestidos pulcros y hasta bordados a mano, y los libros forrados con papel amarillo, y llevaba una merienda de exquisiteces hechas en casa, Benito le tenía un odio amargo. No sabiendo qué hacer para apagarle la risa de los ojos y la seguridad en sí misma, le dijo bronco:

—Esa no es tu mamá.

Mai lo miró, preguntando.

—Esa no es tu mamá, ni tus hermanos son tus hermanos, porque tú tienes los ojos chinos.

Por fin, como para acabar de crucificarle la alegría, añadió claveteando:

—Tú eres china, huérfana y, además, vietnamita. Y la mayor parte de la gente como tú anda en balsas, de puerto en puerto, buscando refugio. ¡Un día te atrapará un tifón y te va a llevar para el mar de la China!

Mai sintió dentro un cuchillo fino de pena y susto, pero siguió corriendo hacia el amparo de su madre sonriente. Lo mejor era no oírlo. No comprender siquiera.

—¿Te pasa algo, mi niña? —dijo la madre al ver que Mai tenía los ojos asustados como conejos en fuga.

—No, nada.

—¿Te fue bien?

—Sí.

—¿Supiste la lección?

—Sí.

La madre lanzaba preguntas como radares, a ver por dónde le venía a la niña este callar empecinado.

—¿Te sientes mal?

—No, no —dijo Mai, y se metió dentro de su casa de silencio, rodeada por una muralla protectora de reserva. Pero las palabras dichas con dureza: china, huérfana, vietnamita, refugio, tifón, eran como pequeños diablos con tambores que le resonaban dentro.

La madre la miró tratando de saber. ¡Su niña siempre tan alegre, tan complacida! En fin, quizá estaría empezando a crecer y a ensimismarse.

Llegaron a la casa. La madre se tranquilizó pensando cuán mullida era la vida para Mai; y como creía a pie juntillas el mito de las infancias felices, no alcanzó a ver que la niña tenía los ojos más tristes y negros que nunca. En cambio, se dejó llevar por la rutina-apacigua-ánimos y pensó qué pondría para la cena y qué jabones o café o huevos tendría que añadir a la lista de compras para el día siguiente. Mai quedó a la vera de su pensamiento. No la vio la madre entrar a su cuarto. Ni el desgano con que tomó su cajita de música y se puso a darle cuerda a ver si con la tonada mecánica y repetida no oía las palabras. Pero ahí seguían hablándole, reclamando que las atendiera. Entonces, Mai abrió la puerta del armario y se miró al espejo: vio una niña con cara de luna triste

y ojos como almendras, negrísimos, esmalta-
dos por las lágrimas que no se decidía a
llorar. Vio un pelo como la lluvia de lacio. Y
alzando su brazo, lo comparó con el del
espejo y observó que no era blanco como el
de su madre, sino sepia, oscuro, color de
vietnamita. Se separó de pronto. Verse, uni-
da a las palabras, le hacía daño.

Salió corriendo, es decir, huyendo, y contó
luego la abuela cómo era de inquisitiva la
niña. Había cruzado a preguntarle qué cosa
mala es un tifón, y dónde están los mares de
la China, y si la gente que viajaba en balsas
se ahogaba siempre.

—¡Los niños de ahora! —comentó enorgu-
llecida y pensando con qué hilo de noticia de
radio o de fugitivo recién salvado en el Golfo
había tejido esa madeja...

Mai regresó pidiendo las cajas de retratos.
Al verla con la carita ladeada y pensativa,
mirando los álbumes, la madre se vio a sí
misma, cuando sus gripes de niña, entreteni-
da mirando otros retratos de otros tiempos,
con otros sombreros de otras plumas. ¡Tantos parientes engolados y tiesos, de mano en
bastón, reloj de leontina [1] y chaleco de cua-

---

[1] Leontina: cadena de reloj corta, con adorno colgante.

dros, que la madre defendía con celo y a ella le hacían reír! Detenida en el recuerdo, María no pudo darse cuenta con qué angustioso apuro, con qué avidez las manos de Mai pasaban las hojas y cómo se le hundía el corazón en niebla al ver, busca que busca, que había retratos de Frank y de Carlitos, sonrientes, captados en el primer paso o la primera Pascua. Pero ninguno, ¡ninguno de ella! ¿Quién los había roto? ¿O quién, quizá, no los había hecho nunca?

La duda empezó a calarla: ¿por qué?, ¿por qué?, y con la mirada grave pensó cómo salir de este bosque y con qué palabras preguntarlo y cuándo.

Por fin llegó, hoy más tarde que nunca, la hora de la noche y de las confidencias, cuando su madre era toda suya.

María vino, le sacó el pijama de algodón que tenía «Mai» bordado en la blusa. La bañó, probando primero con su mano la tibieza del agua. Toda la llenó de espuma y le hizo un peinado alto y tieso con el pelo nevado. Después, la dejó «hacer el ciclón», pataleando en el agua, mientras ella, fuera de la cortina, fingía susto. Cuando la invitó a que patinara por la bañera jabonosa, que podría ser canal resbaladizo o cuesta de

Alpes de tarjeta, Mai la miró grave, sabia, y le hizo sentir que la suya era puerilidad anacrónica. Todavía la madre la envolvió en su toalla de felpa, le dijo «mi fantasmita», y la peinó mucho más de lo necesario, por darse gusto ella. Ya iba a dejarla entre sábana y colcha de tibieza tejida, color de arco iris, a pasar la noche, cuando volvió a mirarle los ojos y vio que algo desconocido y turbio merodeaba en ellos.

—¿Quieres rezar?

Mai dijo que no.

—Entonces, hasta mañana.

«Es uno de esos instantes en que los niños se nos alejan de súbito y hay que respetarlos», pensó María. Ya iba a apagar la luz para dejar a Mai a solas con la noche, cuando se incorporó la niña y, como si al fin explotase en tormenta la pregunta que desde la tarde le había crecido en el pecho, dijo:

—¿Por qué yo tengo los ojos chinos?

María la miró inquisitivamente, midiendo desde qué profundidad o miedo crecía la pregunta. Regresó hacia Mai. La sentó en sus piernas.

Mai se quedó mirándola, como si fuera una extraña, pensando que podría serlo quizá.

—¿Tú eres mi mamá?

La madre supo que había llegado la temida hora de las palabras. Pero nunca pensó que al decirlas sentiría tanto miedo.

—Mira, Mai —dijo—. Hay hijas de aquí.

Y tomando en las suyas la pequeña mano de Mai, la colocó sobre su vientre. Luego, se tocó el corazón y dijo:

—Y de aquí.

Vaciló un instante.

—Tú eres mi hijita... del corazón. ¿Comprendes? Los hijos del corazón se escogen, se buscan, se esperan mucho.

—¿Y yo no tengo mamá de aquí? —preguntó Mai levantándose la blusa del pijama y palpando el tamborcillo de su vientre, mucho más blanco que sus manos.

—Sí, Mai. Tú tenías una mamá así. En Vietnam.

—¿Y dónde está?

—En el cielo, mi vida.

—¿Entonces tú sí eres mi mamá?

—Sí. Del corazón, sí.

—¡Ah! —dijo Mai y, recostando su carita de alivio sobre la almohada un instante, se quedó con los ojos abiertos, como absorbiendo este nuevo e inesperado mundo que le habían descubierto.

María esperó hasta sentirla respirar dormida.

Cerró la puerta y sus ojos se encontraron con los de Luis, su esposo, que sabía leerlos.

—¿Qué te pasa, María? ¿Pasó algo?

María se sentó a su lado.

—Que Mai sabe...

Luis colocó su mano sobre las de su mujer y las apretó fuerte.

—Algún día tenía que ser, María. Es mejor así.

María alzó los ojos llenos de lágrimas, rebelde como una madre:

—Algún día sí, Luis, ¡pero no tan pronto!

2

SAIGON afuera, en el barrio hecho aprisa, de casucas para refugiados, había un trajín constante. De gente pobre o rica —ahora daba lo mismo—, de rumores, de ir y venir preocupado y cuchicheante y, sobre todo, de miedo, de no saber cada cual qué hacer ni cuándo, ni siquiera si iba a durarles esta poca paz de pesadilla. Pero cada uno había hecho su plan más o menos práctico, o quimérico, o tonto, o trágico para huir de este mundo de guerra que los amenazaba.

Nguyen Thi Luong procuraba hablar lo menos posible. Había venido de Hué, con toda su fortuna cosida a la ropa de campesino pobre.

Ngog Diep, de dieciocho años, había pagado treinta dólares por salir de Danang en un barquichuelo de pescador. Traía el retrato de un hermano ya muerto, que había trabajado con la fuerza aérea. Todos los días iba a pararse en fila, frente a la embajada americana. A ella, confiaba, nadie podría negarle un visado.

Nguyen Thi Liem, que vendía sopa a quienes pudiesen comprarla, había decidido separarse de sus hijos y darlos en adopción. Saldrían en el primer avión que evacuara a los huérfanos. Sólo que no lo eran. Y ella repetía y repetía en el poco inglés que había aprendido: «Que era duro, muy duro. Que nunca volvería a ver a sus hijos. Que le preocupaban las bombas, las granadas. Los hijos, que se fueran. Los hijos, a salvo». De noche se apretaba a ellos. De día, cuando despertaban, los convencía en vietnamita que no tuvieran miedo, que estarían juntos, que iban a comer hamburguesas y helados maravillosos donde nunca más vieran guerra. Que algún día, dentro de unos años, podrían mandar a buscarla.

La gordísima Xuan Nguyet reunía todas las noches, alrededor de una pequeña fogata, a un grupo de comadres y les contaba, sofocándose, las peripecias de su viaje. Que habían salido del Norte, apenas entraban los del Vietcong. Llegaron a Kontum, pensando descansar, y cayó Kontum. Llegaron a Plei-

16

ku, y cayó Pleiku. Ahora que al fin estaban en Saigón, ya verían cómo caía Saigón en unos días. Lo que es ella, hasta que no estuviera en Nueva York, frente a la Estatua de la Libertad, no volvería a respirar a gusto.

Nghia Van Luong tenía su plan. Iba a alquilar un barco con toda su familia, y saldrían de noche a buscar los buques americanos que estaban esperando a unas millas de la costa.

Hoang Chung pensaba que lo mejor era repartir esperanzas y las inventaba en el aire. Que había desembarcado un enorme ejército americano en las provincias del Norte. Que estaba a punto de firmarse la paz en París. Que en Hanoi había triunfado un movimiento subversivo.

La viejita Tri My se pasaba el día frente a su choza, con la mirada perdida, diciendo que no. Que no había muerto nadie. Que no había perdido su casa. Que no se iba. ¡Sabría Dios...! Sólo movía la cabeza entrelazando sus dedos, que parecían raíces, y decía que no.

Ngo Van Chum, el piloto, se pasaba el día trazando rutas con los mapas abiertos. Con su avión L-19 de dos asientos y un alcance de unas trescientas millas no podría llegar a Hong-Kong, ni a Bangkok, ni a Tailandia.

17

Pero, buscando, ya encontraría adonde ir. Por eso le preguntaba a los mapas. Sólo que no tenía avión, sino locura.

Tam Thi Truong, que había sido sastre en Danang, repetía a todo el que quisiera oírlo: «Nosotros nos quedamos. Aunque gane el Vietcong, nos quedamos. No nos pueden matar a todos».

Lan Tuyet había puesto un anuncio en el periódico: «Muchacha fina, de buena familia, nada fea, solicita extranjero inglés, alemán o francés que desee casarse con ella y sacarla del país. Preguntar por Lan Tuyet en el restaurante My Cahn». Y todos los días iba a ver si alguien contestaba al anuncio.

Los Van Chung tenían una extraña paz. La madre guardaba en una bolsa suficientes píldoras tranquilizantes para tranquilizar definitivamente y junta a toda la familia, si llegaba el caso.

Y Minsho, que iba y venía, y conseguía agua y comida y a todos ayudaba, decía con un guiño: «Yo tengo mi pasaporte asegurado». A escondidas enseñaba, a los amigos que quisieran verlos, tres uniformes del Vietcong y tres banderas que le hizo la madre, para salir él y sus hermanos a vitorear de los primeros.

18

Janine no sabía qué hacer. Era tan joven, que recordaba a los juncos. Había salido huyendo con su hijita en brazos, porque todos huían en filas interminables. Pero ahora, ¿qué haría? Quizá comprar los visados. Quizá lograr que algún oficial americano las apadrinara, y salvarse. ¿Pero huir sin Tang? ¿Sin poder preguntarle? ¿Sin saber siquiera si estaba entre los miles que retrocedían? ¿O acaso entre los muertos?

Janine se aferró a su hija. Y, en ese relámpago de vida que acompaña a la muerte, vio los ojos de él, de cuando eran felices; de cuando se habían querido y se callaban juntos antes de regresar cada cual a sí mismo... ¡Ah, la vida podría ser tan larga y tan varia y tan soñada mil veces antes de vivirla!

Janine tenía diecinueve años y su hijita, tan pequeña, apenas comenzaba a pedir: *amma... amma,* que en vietnamita significa «comida».

Dos días después, nadie en el barrio tenía ya de qué preocuparse, porque en el barrio de refugiados nadie quedó vivo.

Un periódico vietnamita publicó la noticia: «Tres cohetes lanzados por las tropas del Vietcong que rodean la capital, destruyen un barrio de refugiados al noreste de Saigón. No ha habido supervivientes».

Cuando oyó el rumor sordo en el aire, un minuto antes de que estallara el cohete que iba a quitarle la vida, Janine hizo un último y desesperado gesto de madre. Alzó los brazos y, con todas sus fuerzas, lanzó a su hijita hacia afuera, sobre los escombros.

La niña quedó instantáneamente huérfana, llorando por el dolor de oídos, con los puños cerrados, viva.

3

No. Para María no era una idea tonta de esas que se le ocurren a las mujeres un día y se entusiasman, y luego se les olvida y la cambian por otra. Ni fue tampoco la ilusión con que la vecina Terry la llamó para enseñarle el niño rubio y rollizo que había adoptado en Canadá. María lo tenía pensado desde siempre; desde que llegaron ella y su marido y los dos niños casi con lo puesto. Pero hubiera sido tonto o loco, o las dos cosas juntas, hablarle de eso a su marido cuando apenas había abierto la cafetería «El Carmelo», especialidad en *sandwiches*, en Flagler y Ocho.

Lo primero, antes de pedirlo, de consultarlo siquiera, era mantener la familia, salir de aquella inminente pobreza de recién emigrado. Y María sembró su deseo bien adentro, para pensarlo ella sola por las noches. El propio Luis no sabía qué extraña motivación convertía a su mujer en contadora, cajera, ama de casa o cocinera infatigable y sin quejas. Nunca, en los tres años que llevaban «en este país», habló de cansancio. Ni cuando compraron el televisor, y luego los muebles sencillos e imprescindibles a plazos, María le dijo nada a Luis. Es más, hasta que no tuvieron la casita en Miami; pequeña, sí, pero cómoda, ventilada, con cortinas hechas por ella misma; hasta que no dieron fruto los mangos y las guayabas, y la hierba que sembraron a cuadrados quedó convertida en alfombra mullida y verde, no se decidió María a decirlo.

Esperó una mañana propicia (cuando su esposo Luis estaba leyendo el periódico y saboreando un café con leche de domingo, con partido de fútbol por la tarde), y dijo:

—Luis, quiero pedirte algo.

—¿Qué? —contestó Luis, pensando si sería el tocadiscos, o un automóvil de segunda mano, o irse por fin los cuatro a ver a los primos de Nueva Jersey.

María se sentó frente a él, puso las dos manos quietas sobre la mesa, como siempre que pensaba mucho las cosas:

—Quiero adoptar una niña.

Luis dejó caer el periódico.

¡Ah, era esto lo que sentía bullir en todos los silencios de su mujer!

Alzó la vista y se encontró con los ojos negros, decididos y expectantes de María. El, que era sólo un hombre trabajador y práctico, y que olvidaba pronto, con el mucho cansancio, trató de sondear desde qué hondura y qué tiempo venía esta petición suya. ¡No había olvidado nunca la niña pequeña que perdieron!

Las mujeres tienen esto: que siguen siendo madres de sus hijos muertos, y los acunan y los hacen crecer en su pecho, y los acompañan en las noches de lluvia, aunque nunca lleguen a decirlo.

—Desde que... —dijo María, dejando un hondo precipicio de pena, que Luis conocía—, quiero adoptar una niña. Antes no te había dicho nada, porque no podíamos. Pero a ti te va bien. Los niños ya son grandes. No nos falta nada. Podemos, viejo. Es lo que más deseo en este mundo: otra hija.

Luis le hubiera dicho que por qué no se conformaba con ser feliz con lo que tenían: la casa, el automóvil, los niños crecidos. ¿No tenían bastantes complicaciones con los impuestos, y los seguros, y los «viejos» recién

23

llegados de Cuba? ¿No quería que sus hijos estudiaran una carrera? ¡Con lo que costaba la Universidad! Pero sabía que no era fácil disuadir a su mujer cuando hablaba en tono bajo y reflexivo, un domingo por la mañana, esperado diplomáticamente, para que él no pudiera decirle (como le hubiera dicho un día entre semana cuando venía cansado y se quedaba quieto, mirando *gangsters* en el televisor) «luego hablaremos», o «¡déjame ver esto!», o cualquiera de las formas suyas de esquivarla.

Luis prefirió darle largas al asunto; que fueran otros los que la convencieran. Porque si decía que no ahora, iba a tener domingo malo viéndole la cara triste. O, quizá, porque reconoció que de los dos era ella la más fuerte. O porque sabía que si no llegaba a acceder, siempre estaría la otra niña perdida poniéndole la mirada triste, o haciéndola suspirar por las noches, sola, mientras a él se lo llevaba el sueño.

—Averigua a ver qué piden. Vete y averigua qué piden.

Enseguida se escondió detrás del periódico, rota ya su paz de espíritu. ¿Por qué se complican la vida las mujeres? ¿Por qué recuerdan tanto?

24

María le hizo un arroz con pollo y unos plátanos en tentación, y le sirvió una cerveza fría y burbujeante que decía «gracias». Hasta se sentó a su lado, a aburrirse contenta con el partido de fútbol.

Al otro día, antes de salir, María se miró al espejo y se dio el visto bueno. Sí, tenía el aspecto limpio y decente de mujer que cumple. El traje azul prusia con cuello blanco le daba un aspecto de sensatez virtuosa. Los zapatos de tacón bajo la declaraban mujer que prefiere estar cómoda, para poder ser útil. Llevaba el bolso grande, con muchas divisiones, para encontrar sin impaciencia —eficientemente, como las americanas— los papeles que le pidieran. Añadió el collar de perlas de una sola vuelta para que la vieran cuidada, con ánimo de arreglarse. Se revisó las manos: pulidas, las uñas bien limadas, el esmalte discreto, color rosa viejo. Que se viera bien su anillo de casada. Volvió a mirarse y pasó la inspección sonriendo: mujer de treinta y cinco a cuarenta, muy señora, que si estaba bien cuidada y pulcra ella, pulcra y bien cuidada estarían su casa y sus hijos.

Media hora más tarde, fingía aplomo frente a una americana rubia, desteñida y ocu-

FINNEY COUNTY PUBLIC LIBRARY

pada, que casi no levantó la cabeza al saludarla.

Haciendo un esfuerzo, María logró decir:

—Quiero saber lo que necesito hacer para adoptar una niña.

Lo dijo en inglés, pero con acento latino, a pesar de su esfuerzo.

—Quiero adoptar una niña —añadió en español, por si la señora era rubia por ascendencia gallega y hablaba español.

La hicieron esperar, y al fin la condujeron a una oficina desordenada, donde le deseó buenos días una mujer gorda y bonachona, con más cara de vecina de enfrente que de ejecutiva, cuyo nombre aparecía en letras blancas sobre una pieza de madera. Se miraron intercambiando juicios. María pensó ¡qué sencilla! y, a la vez, ¡qué sensación de fuerza! Como un acorazado. Como Churchill en los documentales de guerra. Sin perder tiempo y yendo directamente al grano, la señora Manning preguntó si tenían medios económicos.

María dijo que sí.

Que si eran propietarios.

Que sí.

Dónde vivían.

En 3264 West Flagler.

Cuántos años llevaban de matrimonio.

26

Quince.

Que si tenían hijos.

Sí, dos. Varones. De diez y doce años.

La mujer tomó unas notas, cerró el libro, entretejió los dedos de las manos y se las miró un momento, adelantando el cuerpo. Al fin, con un tono muy animado, dijo:

—Señora Gómez, en estos momentos tenemos tres niños muy necesitados de adopción, que podríamos entregarle en poco tiempo.

—¡Ah, sí! —dijo María entusiasmada.

La mujer respiró profundamente, como si fuera a zambullirse, y comenzó resuelta:

—Uno, de cuatro años. Tiene un pequeño defecto de audición, pero es muy inteligente y muy cariñoso. El otro, Mickey le llamamos, es un poquito retrasado. Casi nada. Ahorita lee. Tiene ocho años. El tercero nos ha dado bastante quehacer. Es un poco inestable. Pero estamos seguros de que en un hogar normal se recuperaría completamente. A usted, desde luego, siendo latina —dijo—, no le importa que sea mulato, ¿verdad?

Y la mujer clavó sus ojos azules, que de pronto adquirieron una expresión acusadora y exigente, sobre la desorientación de María.

—Pero, señora, ¡yo quiero una niñita, una niñita normal, recién nacida, si es posible!

La señora Manning se echó hacia atrás, y María sintió que se iba convirtiendo en un número al final de una larga lista de espera.

—Ah, sí, señora Gómez, usted y el noventa y nueve y medio por ciento de los padres adoptivos quieren niños rubios, de ojos azules, recién nacidos, normales y blancos. ¡Si tuviéramos cientos de niños así, dirigir esta agencia sería lo más fácil del mundo! Pero —añadió en tono triste, casi amargo— nadie quiere niños negros, mulatos, retrasados o ciegos. Ya ve, ¡quienes más lo necesitan!

María intentó explicar que ella, que Luis y ella eran personas bondadosas, como todo el mundo; pero la mirada azul y escrutadora persistía en su veredicto amargo:

—Ya sé, señora. Es algo muy humano. No debiera serlo, pero lo es —enseguida dio por terminado el caso—. Lo siento, por ahora no puedo darle esperanzas. Para adoptar una niña normal, recién nacida, o de pocos meses, tendrá que esperar de tres a cinco años por lo menos.

—¡Ah! —dijo María, como si le hubieran dicho que un siglo.

¿Y qué, vieja? —preguntó el marido, por la tarde.

Si María no lo esperaba barboteando cuentos, mal le había ido.

María pensó un momento y dijo en voz baja, por probar, sabiendo la respuesta:

—Podríamos adoptar enseguida un niño. Ahora tienen niños anormales, de tres o cuatro años. O un niño negro. Tú sabes, Luis, quizá... —titubeó María.

Pero Luis era un murallón de sensatez.

—¡Ni lo pienses! ¿Tú sabes lo que es embarcarte en un problema de ésos? Si Dios le da a uno un hijo anormal, bueno, es una desgracia y hay que aceptarla. Pero ¿ir a buscar a sabiendas tamaño problema? ¡Ni loco! Tampoco cuentes conmigo para hacerte cargo de un niño negro, que luego lo estén discriminando y uno sufriendo. ¡Bastantes dolores de cabeza tengo ya con ser un refugiado cubano y no hablar inglés!

María accedió y dio por terminado el asunto.

—Sí, viejo, tienes razón.

En la oficina de adopción, la señora Manning llamó a su secretaria y le dijo:

—Ponga esta solicitud en la lista de niños normales. Gómez Navarro, Luis y María. Archívelo por la G.

Luego, un minuto antes de contestar el teléfono, comentó:

—¡Yo no sé cómo se las arreglan estos latinos con esos nombres tan largos!

4

Suerte que entre los escombros y los muertos quedaba algún reloj, un par de zapatos, una olla, quizá un bolsillo escondido, lleno de monedas. Porque, si no, no hubiesen venido los tres chiquillos y nadie hubiera oído llorar a la niña.

Ong, el jefe de la pandilla, era huérfano, de trece años, tan flaco que parecía una radiografía de niño, con el pelo pelado al rape y los ojos sin niñez; pero sabía dar órdenes, era el que tenía más duras y más encallecidas las plantas de los pies, y quien podía saltar con más agilidad entre los escombros a descubrir lo que brillase. No tenía miedo a los muertos. Había visto muchos y todos tenían algo que pudiera venderse o cambiarse. Además, tenían dos ventajas: se dejaban robar sin protestar y no podían acusar o denunciar a nadie. Ong era el que con más destreza y menos asco les vaciaba los bolsillos. Si luego tenía pesadillas, a nadie las contaba.

Jimmy, de siete años, no servía para mucho más que para hacerle sentir a Ong su superioridad. Era una mezcla de pelo rubio y ojos chinos y verdes, y color vietnamita. Le decían *Sargento,* porque guardaba, en la choza de zinc y madera que se habían hecho, debajo de una piedra, el retrato de un americano abrazado a una vietnamita, un dólar, una caja de chicle vacía y la mitad de un cigarro *Chesterfield.* Por las noches se consolaba con la verdad-mentira de que algún día vendría a buscarlo su padre. El día menos pensado, ya lo verán —decía siempre apuntando al este con su brazo flaco y como si estuviera cerca—, se iría a vivir ahí, a Nueva Jersey.

Ting Li lo mandaba a todas partes; con su «azúcar, señor», o «chocolate, señor», o «cigarros, señor», era a quien le hacían más caso los soldados americanos. Y volvía, no siempre, no todos los días, claro, con una barra de chocolate que chupaban por turno, o unas monedas. Una vez, hasta había conseguido una *pizza* casi completa.

Ting Li, la tercera, si hubiera estado limpia

y bien alimentada, hubiera sido una de esas niñas que aparecen en los retratos de las agencias de viaje para invitar a los turistas a visitar el «fabuloso» Oriente. Como no lo estaba, y tenía la boca chica, y sus ojos eran apenas dos rayas oblicuas que publicaban desamparo, un periodista le había tomado una fotografía, para ver si en Washington, por fin, se decidían a evacuar a los huérfanos. Ting Li no tenía de sus padres más recuerdo que una tonadita que se cantaba a sí misma. Si la cantaba de noche, mirando las estrellas, se le ponía tranquilo el corazón. Y más si, al mismo tiempo, acariciaba muy suavemente, con los dedos, su colcha raída.

Los tres se llamaban hermanos.

Comían, si había qué. Ong era el que encendía el fuego, Ting Li la que cocinaba, y Jimmy el que dividía con los ojos lo que había, a ver cuánto podía tocarle a su hambre. Pero ya no escondía nada debajo de la camisa. Un día, Ong, que era más ágil y más fuerte, le había dado una paliza por ocultar una barra de chocolate.

—Y si vuelves a hacerlo, te dejamos solo. Solo y de noche. Aquí todo es de todos. Es la ley. El que no obedece, se va.

Jimmy prometió que nunca más, y se

quedó con un ojo amoratado, en una esquina, sollozando sin lágrimas y rezongando que en cuanto pudiera, como era medio americano, se iba a Nueva Jersey y dejaba a este vietnamita de porra, tan malo y tan mandón. Para consolarlo, Ting Li, que no creía en Nueva Jersey, le prestó su colcha raída esa noche:

—Pásale los dedos y verás como te duermes —le dijo, como si la colcha, en sus fibras, tuviera entretejida tranquilidad y sueño.

Al día siguiente, con más hambre que orgullo, Jimmy decidió seguir a Ong y a Ting Li. Andaban los tres como salidos de los escombros, saltando, y hasta jugando, a su modo, a ver quién encuentra algo lo más pronto posible. Así hacían siempre. En cuanto sonaba una explosión o un cohete y volvía el silencio, antes de que llegaran las ambulancias, si es que llegaban, salían a descubrir.

Ong dividió los campos:

—Tú, Jimmy, al norte; yo, aquí. Tú, Ting Li, mira a ver si queda algo dentro de esa casa.

Ong fue quien miró los ojos, ya eternamente fijos y abiertos, de Janine.

Ting Li oyó lejos un hilito carrasposo, ronco, de poco llanto. Se detuvo, puso aten-

34

ción: otra vez aquel gemido o llanto de cosa viva. No, no era imaginación suya. Quizá un perro, o un gatito de esos de ojos azules, que se acarician y dan calor y ronronean. Corriendo, salió a buscarlo. Allí, allí se oía más cerca. Miró a su alrededor. Detrás de la pared, intacta como por milagro, descubrió a la niña.

Se acercó, la tomó en sus brazos, le tocó muy ligeramente la cara, como si fuera de loza y pudiera romperse. Le pareció una maravilla y llamó:

—¡Ong! ¡Ong! ¡Corre, mira!

Ong pensaba siempre: dinero o comida; no valía la pena otra cosa. Jimmy pensó en algo para su hambre y salió corriendo, no fuera a quedarse sin nada.

Vieron a Ting Li con aquel extraño bulto que gemía en sus brazos.

—¡Es una niñita! —dijo Ting Li, y sonrió, ofreciéndola para que la miraran.

Ong frunció el ceño. Jimmy se fue acercando, le cogió una mano y dijo:

—Qué chiquita, ¿eh? ¡Parece enana!

—Déjala —ordenó Ong—. Ponla ahí donde estaba y déjala.

—¡Pero Ong! —protestó Ting Li, como si no pudiera creerlo.

—¡Déjala he dicho! —arreció el mandato.

—¡Aquí se muere!

—Ya la recogerá alguien. ¡Vamos!

—¡Pero si aquí no queda nadie, Ong!

A Ong le era fácil desgarrar las ropas, robar, escurrirse, golpear, pero le era muy difícil sentir nada que se pareciera a lástima, amor o pena. Nunca recordaba que nadie le hubiera pasado la mano por la cabeza, sonriendo.

Ting Li no recordaba bien las caras, que se le iban esfumando con el tiempo, pero algo como un calor o una ternura que alguien le había dejado para entregar algún día, sí; algo que ahora le dio valor para enfrentarse a Ong y decirle con un tono tan calmado como definitivo:

—Yo no la dejo.

—Pues yo no voy a hacerme cargo de ella. No tenemos leche. No sabemos cuidarla. ¡Va a ser un estorbo, y se te va a morir de todos modos! —amenazó Ong.

Ting Li no dijo palabra. Se sentó sobre los escombros. Cargó a la niña sobre su brazo, le sostuvo la cabeza contra su hombro. Cogió un pedacito de la colcha suya y se la puso en la boca. Con el engaño, la niña cerró los ojos y se quedó tranquila.

Ting Li dijo suavemente:

—Yo me quedo con ella. Si tú quieres, vete, Ong. Yo me quedo con ella.

Ong hizo un gesto de fastidio.

—¡Tráela! ¡Pero si se muere, tú tienes la culpa!

Ong marchó delante; Ting Li, detrás, con la niña dormida. Jimmy miraba a Ting Li, sonreía, se encogía de hombros y le hacía burlas a Ong.

Ong era más terco que malo. Por eso, a los pocos días, en la casucha de zinc, madera y casi milagro que les servía de cobijo a los tres, la niña tenía, conseguida por él, una cuna, que había sido cajón de envase; pañales, unos trapos doblados en cuatro y un nombre: Mai (flor, en vietnamita). Porque Ting Li tenía ese bendito misterio en sus ojos: sobre toda la sombría miseria, sabía ver las flores ondear bajo el viento.

De comida no sabían qué darle.

A veces, un poco de té, entibiado en una lata que le ponían en los labios, y más derramaba que sabía tomar.

A veces, agua de arroz.

Leche no, porque no había.

A veces, la punta de la colcha sola, mojada en agua.

Ting Li la cogía mucho en brazos y le cantaba la tonadita que recordaba de sus padres, o le inventaba otras que le salían de dentro.

Por las noches, como madre, se despertaba a oírla respirar.

Pero la niña se iba debilitando. Cada día parecían agrandársele más los ojos negros, y en los pies y las manos se le marcaban cada vez más visibles y azules las venas.

Ong la miraba pensando que ya ni siquiera sostenía la cabeza.

Pero fue Jimmy quien comentó admirado, sin mala intención, porque era cierto:

—¡Qué huesos tiene!

—Es que ha crecido. Que está creciendo —insistió Ting Li, mintiéndose a sí misma. Y luego, mirando a Ong:

—¿Verdad que está creciendo?

Ong no dijo nada. Siguió dándole cortes a un pedazo de madera con su navaja fina.

Al día siguiente, cuando casi no lloraba la niña, Ting Li aceptó lo evidente:

—Ong, hay que conseguirle leche.

—¿Y dónde quieres que la consiga? La leche no cae del cielo, como la lluvia. Aquí no hay hierba, y donde no hay hierba, no hay vacas, ni chivas. ¿Dónde quieres que la consiga?

38

Ting Li se levantó furiosa, con los ojos llenos de lágrimas:

—¡Cómprala! ¡Ve a la ciudad y cómprala! ¡Tú tienes dinero!

—¡Yo voy! ¡Yo voy! —dijo Jimmy, a quien le encantaba la aventura de perderse en Saigón.

—Sí, ve tú. Yo tengo trabajo —dijo Ong. Y abriendo una bolsa que llevaba amarrada a la cintura, junto a la navaja, le entregó dos monedas.

—¡Ven pronto! ¡Ven pronto! —susurró Ting Li.

5

JIMMY salió lleno de responsable buena intención. Pero aun a alguien menos niño, el Saigón de aquellos días, aterrado y sereno, le hubiera borrado todo propósito que no fuera el personalísimo de abandonarlo a tiempo. Jimmy sintió excitación y miedo, y no fue culpa suya si al ver al sargento Jennings se le ocurrieron cosas y vio, como posibles y reales, esperanzas que tanto tiempo había guardado en su corazón y soñado, estuviera despierto o dormido.

Primero, la angustia de Ting Li, sus palabras y los ojos agrandados de Mai daban miedo y pronosticaban muerte. Y todo el mundo trata de huir de lo que le apriete el corazón como un puño. Además, una imagen recién vista, borra otra recordada.

A Jimmy le entró por los ojos, llenos de entusiasmo, lo ancho de las avenidas bordeadas de tamarindos gigantes, como padrazos. Y por los oídos, el ruido de la ciudad en fuga. ¡Cuánto tráfico! ¡Cuántos soldados marchando a la deriva con cara de cansancio y derrota! Frente a los bancos y las embajadas, ¡cuánta gente tensa! Gente quieta, como si hubiera echado raíces, con los ojos fijos en el cielo, mirando los aviones C-130 y los C-14 que prometían una evasión posible. Por las aceras, ese mundo móvil ¿adónde iba y cuándo y con tanta prisa? Saigón parecía un gato gigante ronroneando. ¡Qué formidable confusión de bicicletas, *jeeps*, taxis, camiones, motocicletas!

Ahí mismo, mirándolas y oyéndolas, y rápido como el «quiero» de un niño, Jimmy hizo el gesto de poner en marcha una motocicleta imaginaria y suya: saltó sobre el pedal, la sintió rugir, movió las palancas de cambio. ¡Qué maravilla, tener una motocicleta y ponerse casco y gafas oscuras! Y como la fantasía es el más generoso proveedor que existe, se veía pasar pudiente, respetado, ya nunca más el niño muerto de hambre y huérfano al que amenazaba Ong. Iba a cruzar las calles frente a los cafés al aire libre y saludar a los soldados. ¡Tantos innumerables soldados le dirían adiós, y él diría adiós a las banderas, y aceleraría para huir de Saigón y de Vietnam y llegar a Nueva Jersey, libre y todopoderoso, sobre su Honda!

—¡Cuidado, niño! —Jimmy no vio el peligro de un camionazo que frenó medio segundo antes de derribarlo. Un sargento americano de ojos azules y muy rubio le puso la mano en el hombro, lo detuvo y le rompió el sueño de la Honda y el viaje.

—¿Quieres que te maten?

Jimmy sonrió mirándolo y dijo lo que siempre le daba tan buenos resultados:

—Tengo hambre, mucha hambre. Déme chocolate. Chocolate, por favor.

El soldado lo miró con cara de «no» y «estoy de prisa», pero, a la vez, Jimmy detectó en sus ojos la lástima.

—Tengo hambre —insistió—. Hambre.

Sabe Dios qué chiquillo de Nueva York, Ohio o Pennsylvania, sobrino o hijo, sustituyó a Jimmy en ese momento, porque el soldado dijo:

—De acuerdo. De acuerdo.

Y antes de que Jimmy pudiera darse cuenta del todo, estaba en una mesa de un café al aire libre, con una copa grande de helado de chocolate enfrente, empinándose para llegar con la cuchara a la cereza que coronaba su cúspide.

Comió aprisa, trazando caminos de abajo arriba en la montaña fría, sin decir palabra, y cuando ya no sabía qué, siguió raspando el fondo de cristal y sorbiendo. Hasta que invirtió la copa y, echando atrás la cabeza, vio dos gotas lentas que, cayendo, le ponían fin a la delicia.

Sonrió él.

Sonrió el soldado. Pagó, y mientras esperaba que le trajeran la vuelta, a Jimmy se le fue ocurriendo una idea tan clara como un sol de mañana.

—¡Adiós! —dijo el hombre—. ¡Suerte! —se puso en pie y comenzó a abrirse paso entre la gente.

Jimmy se quedó boquiabierto y por poco lo pierde. De pronto salió corriendo, corriendo, como se corre tras la esperanza.

—¡Señor! ¡Señor!

—¿Qué quieres ahora? ¡Anda a tu casa!

—No. Yo no tengo casa —dijo Jimmy.

—¡Pues vete con tu familia!

—No tengo familia.

El hombre hizo un gesto de impotencia. Jimmy sonrió y, sabiendo que inventaba, con una sonrisa en sus ojos verdes dijo:

—Tú eres mi padre y yo soy tu hijo.

El sargento sintió: ¡Ah, pobre, uno de

tantos! Lo miró sin darse por enterado, le puso las manos sobre los hombros, y en el límite de la paciencia, como si estuviera dictando palabras y no diciéndolas, dijo muy despacio:

—¡Basta! ¡Vete!

La culpa era suya, por querer sentir el lujo íntimo de ser bueno. ¿Por qué los niños, los viejos, los mendigos, los enfermos no aceptan sólo el minuto de buenos que tenemos todos? ¿Por qué insisten? ¿Por qué quieren apresarnos, detenernos, lanzando redes?

Todo esto lo pensaba el sargento y, aún más: ¡que no tenía tiempo! Y no tener tiempo es magnífica, tranquilizadora excusa.

Le dio la espalda y empezó a caminar a toda prisa hacia uno de los autobuses negros que hacían el viaje al aeropuerto de Tan Son Nhut. Lo interrumpió un grupo de hombres, mujeres y niños, que se empujaban unos a otros, gritando y mostrando sus pasaportes y documentos. El sargento se abrió paso diciendo «por favor» y esquivando las manos que se asían a su ropa, que gesticulaban o que se alzaban para dar urgencia a sus palabras:

—¡Quiero irme, señor! ¡Mire, tengo el pasaporte, la documentación!

El chófer abrió la puerta un instante. Luego, con manos y pies se defendió de los que se agarraban a los bordes de acero, desesperados por mantenerla abierta. Al fin, empujó hacia afuera a un soldado vietnamita que había ganado el primer escalón, hizo seña de que se apartasen y arrancó el motor.

Desde la acera Jimmy vio la cara del sargento a través de la ventanilla alambrada, alzó la mano, dijo adiós y se quedó mirándolo. El sargento, pensando que Jimmy se convertiría en recuerdo o, cuando más, en cuento que repetiría sintiéndose bueno o cobarde, se llevó la mano a la gorra y le hizo un saludo militar.

Cuando el autobús se puso en marcha, fue como si a Jimmy lo moviera un resorte. Tomó impulso, de un salto se subió al parachoques trasero y se agarró a él con todas sus fuerzas, como si de ello dependiera su vida.

Si resultaba que sí (iba a ser «sí» si contaba seis árboles a la izquierda y si veía seis pedruscos grandes en el camino), aquello significaba aeropuerto, avión, padre y Nueva Jersey. Si era que «no», seguía Jimmy, casucha de zinc, hambre, Vietnam y Ong. Valía la pena probarlo.

Por suerte, era de noche cuando llegaron al portón del aeropuerto. Por suerte, los guardas estaban hartos de ver pasar los camiones negros, atestados de gente. Por suerte, o no lo vio nadie o quien lo vio, si era vietnamita, quizá pensara: «¡A lo mejor logra escaparse!».

El sargento saludó al soldado de guardia y entró a convertirse en uno de los cientos de militares que solicitaban documentos para parientes y amigos.

La antigua base era un hervidero de gente. Jimmy fue escabulléndose entre el ruido y el ir y venir confuso. Vio filas de butacas como las de un teatro, que eso era o había sido en otro tiempo, apartadas para dejar espacio. Alrededor de las mesas que las habían sustituido, se formaban enjambres de hombres y mujeres desorientados, que trataban de entender y asimilar las órdenes de los altavoces.

Un hombre agitado, sudoroso, con poca fe en que la gente entendiese lo que decía, agarraba el micrófono y repetía:

—¡Lleven su *afidávit* [1]! —decía alzando como un banderín el papel que tenía en la mano izquierda—. ¡*Afidávit*!

Jimmy se quedó oyendo y tratando de entender. Fue sólo un instante, pero cuando

---

[1] *Afidávit:* declaración jurada, documento.

47

giró la vista, el sargento había desaparecido. Con un susto de mariposas malas que se le agitaban dentro, recorrió los salones. Luego, atravesó los campos de tenis, donde la gente esperaba a la sombra de unos paracaídas abiertos como tiendas. En la antigua bolera había mujeres y niños que esperaban rodeados de bultos y maletas. Vencidos por la desorientación y el cansancio, los más viejos se habían acurrucado sobre las mantas que convertían las pistas de la bolera en camas de urgencia. Por todos lados había niños que iban y venían chupando naranjas, comiendo pan o llorando por la confusión y el miedo. Olía a orines, a sudor, a cansancio y a fuga.

Jimmy se acercó a una anciana que lo protegió sonriéndole:

—Tú sí tienes suerte —le dijo en vietnamita—. A ti nadie puede negarte que eres hijo de americano —y le señaló los ojos verdes y, como si fuera un tesoro incalculable, el pelo rubio.

Para Jimmy fue como si el oficial de control y no una anciana cetrina que buscaba refugio, estampara «aprobado» en su documento de viaje.

Volvió al salón lleno de mesas. Allí, como milagro conseguido, volvió a ver al sargento.

48

Estaba frente a una de las mesas largas, conversando con un oficial en voz baja. Sin pensarlo, Jimmy se abrazó a sus piernas y exclamó:

—¡Padre!

—¿Su hijo? —preguntó entre asombrado y crítico el oficial.

Un no rotundo iba endureciendo el rostro del sargento. Pero se detuvo en la mirada suplicadora, expectante de Jimmy. Vaciló un instante. Por su mente desfilaron vertiginosamente niños heridos, muertos, huérfanos, por los que nada podía hacer. Y antes de que un pensamiento sensato le detuviera el buen impulso, dijo:

—Sí, es hijo mío. Quiero llenar su *afidávit*.

Doce horas más tarde, en un avión de carga, salían el sargento Jennings, de Kentucky, y el hijo vietnamita que nunca había tenido, rumbo a Guam.

Con el corazón saltándole en el pecho, con padre, y mirando el campo nevado que formaban las nubes hacia el Nueva Jersey de su sueño, Jimmy olvidó por completo la leche de Mai.

6

TING LI sintió miedo. Mai se había pasado la noche llorando. Encogía las piernas, cerraba los puños y no había tibieza o canto que la acallara. Le dio agua de arroz y la acunó contra su pecho. Al amanecer, cuando casi se le iba apagando el llanto, llamó a Ong.

—Ong, Ong, despiértate. Mai está muy enferma.

—¿Y qué quieres que haga? ¡Te dije que la dejaras! Ni tú ni yo sabemos cuidar niños.

—¡Se hubiera muerto, Ong!

—Por lo menos, hubiera sido más rápido.

—Y Jimmy, ¿se habrá perdido?

—Ese no vuelve. Yo lo conozco bien.

—Entonces, ¿qué hacemos?

—Allá tú. ¿Qué podemos hacer?

—¿No podríamos llevarla al hospital, buscar un médico, algo?

—Yo no sé donde hay médicos. Los hospitales están llenos de soldados. ¡Hombres, Ting Li, hombres! ¿Quién va a ocuparse de una niña medio muerta? ¡Ni que fuera la primera!

—¿Y el orfanato, Ong?

—¿Llevarla al orfanato? ¿Estás loca? Tú ve si quieres. A mí no me vuelven a agarrar las monjas. Es como estar preso. ¡Vete, vete tú si quieres! Así me quedaré solo de una vez.

Ting Li lo miró y sintió lástima. Ong era su única familia.

—Voy a llevarla. Quizás allí la salven.

Ong se encogió de hombros:

—Haz lo que quieras. Vete.

—Escucha: ahora que está oscuro voy, la dejo en la puerta, llamo y salgo corriendo. No me verá nadie.

Ong achicó los ojos:

—¿No será que tú también quieres irte a Nueva Jersey, como Jimmy? ¡Pues ve cambiando de idea! Allá no quieren niños grandes. Lo sé. Por mí puedes irte cuando te dé la gana. ¡Ni tengo miedo, ni necesito a nadie!

—No, Ong, yo me quedo contigo —lo apaciguó la niña.

Ong sacó su navaja, la abrió y comenzó a dar cortes en un tabloncillo. Eran cortes profundos, resentidos, como si estuviera hi-

52

riendo la madera a propósito. Entonces, con el insatisfecho deseo de seguir hiriendo, se acercó a Mai, apartó la colcha para mirarla bien, aguardó un instante y dijo:

—Yo creo que no tienes que llevarla a ningún sitio. Ya se murió.

—¡No, no, Ong! ¡Ayúdame, por lo que más quieras! ¡Vamos!

Juntos caminaron por las calles llenas de sombras, hasta el orfanato. Ting Li apretó a Mai contra su pecho. En silencio, con mucho cuidado, la puso frente al portón cerrado.

—Mai —le dijo—, yo he hecho lo que he podido. ¡Que te salves!

—Vaya, toma —dijo Ong entregándole a Ting Li el tabloncillo en que había rayado, a trazos duros: «Mai».

—Que, por lo menos, tenga nombre.

Pulsaron el timbre. Una ventana respondió, iluminándose.

CUANDO sonó el timbre, se encendieron las luces. La avilesa sor Marcelina, que dormía como un leño aunque se vanagloriaba de insomne y enfermiza, se puso en pie de un salto, abrió la puerta, tomó en sus brazos la manta con la niña, que creyó muerta, y después de muchos «¡oh!» y «¡ah!» y «¿qué vamos a hacer, Dios mío?», se fue a despertar a sor Patricia, la superiora, con la mejor expresión de tragedia que pudo darle a su rostro. El resto del día lo pasó contando la aventura a todo el que quiso oírla y, sin advertir que caía en pecado de inmodestia, se confirió a sí misma el papel de protagonista y salvadora.

—Serían las cuatro o las cinco —decía—, ya saben que rara vez me duermo antes de esa hora. En esto, oigo un timbre. ¿Timbre a estas horas, Dios mío? Me levanto, me echo una manta, y así, descalza, sin pensarlo, ¡con los catarros de pecho que sufro, seguro que pescaba una pulmonía!, bajo corriendo las escaleras. ¿Quién podría ser a esas horas? ¡No sabía si atreverme a abrir, o no! Ya sabéis que en estos momentos cualquier cosa puede ser un peligro —agregaba para añadir expectación—. En fin, me dije, ¡que sea lo que el Señor disponga! Abro la puerta. Miro.

Todo oscuro. No se veía un alma. Entonces algo, una inspiración divina, me hizo mirar a mis pies y veo, ¡Dios mío!, una criaturita, casi os diré que cadáver, envuelta en una manta. La cojo, veo que apenas respira, le tomo el pulso. Yo que, gracias a Dios, no me ahogo en un vaso de agua y que he seguido varios cursos de primeros auxilios, vi que el corazón le fallaba y corrí, corrí dándole masaje en el corazón, rezando y pidiendo por su alma bendita...

Lo que no dijo sor Marcelina, por cuestión de negra honrilla o porque se le iba a pique el cuento, fue que al llegar sin resuello y tartamuda por el susto a la habitación de sor Patricia, salió ella con ese modo suyo, un poco áspero, de evitar dramatismos:

—¡Déjese de aspavientos, sor Marcelina!

Y cuando, entre sollozos, le mostró la niña y le dijo: «¡Una muertecita a la puerta!», sor Patricia respondió:

—De muertecita, nada. Démela acá. Baje corriendo, prepare un biberón mitad leche y mitad agua, entíbielo y tráigamelo enseguida. Esta niña tiene lo que tienen aquí todos los niños: ¡hambre!

Tampoco dijo sor Marcelina, quien tenía

una tirria muy humana y nada eclesiástica a la frialdad ejecutiva de sor Patricia que, al regresar, la superiora, con un sol de ternura en el rostro, acunaba a la niña.

7

SOR PATRICIA era alta, fuerte, decidida y enérgica. Viéndola en el amplio salón del orfanato «El Buen Samaritano», erguida como un poste, a nadie se le ocurriría preguntar quién era la superiora. Tenía tal fuerza el mirar directo de sus ojos negros, que nadie, hipócrita, palabrero, hipersensible o sentimentaloide, dejaba de tenerle un respeto casi rayano en miedo. Decía lo que pensaba a tiro limpio, sin indecisiones ni azucaramientos. Además, había logrado tal dominio sobre sí misma, que rara vez reflejaba emoción su cara larga, como tallada en escayola o madera. Tenía la boca fina, la nariz larga como una proa, los ojos chicos, vivos, sensatos y rientes, de quien perpetuamente se burla de algo. Irradiaba de ella la confianza del que se sabe feo y no le importa. Su actitud tenía más de mariscal de campo o general de batalla, que de monja: cuando daba una orden se obedecía al instante. Con el lema de que «entre la pobreza y la miseria, no media más que la limpieza», se imponía a sí misma, y a los demás, horarios de sol a luna. Y si alguien sufría de morideras [1] o se quejaba, decía cáustica:

—¿Aquí la única que se cansa es usted, sor Marcelina? Si uno puede descansar, descansa, y si no, no; ¡que para descansar, tenemos toda la eternidad por delante!

Su cristianismo era activo, hacendoso, practicante y heterodoxo. Aunque no lo comentasen en voz alta, a las demás monjas les parecía poco devoto su modo de tomar el crucifijo que pendía de su pecho y darle vueltas entre sus largos dedos. Hasta Dios, pensaban, debía ponerse en guardia cuando le pedía algo, porque solía hacerlo con impaciencia y en tono de orden.

A los niños los protegía mejor que un murallón de piedra, y pedía por ellos a los feligreses ricos, sin humildad y sin tregua.

En suma: sor Patricia, irlandesa por cuna, nombre y genio, era persona que ni manda-

---

[1] Moridera: sensación, generalmente pasajera, de muerte inminente que experimentan algunos enfermos.

da a hacer de encargo para dirigir el orfanato «El Buen Samaritano» en el Saigón de la guerra.

Sólo sor Marcelina, que sentía por sor Patricia una antipatía sincerísima y confesaba entre sus pecadillos el de espiarla, se atrevía a comentar:

—Se para delante del crucifijo; parada, ¿eh?, no arrodillada, y le habla de tú a tú. Ayer estaba yo limpiando la capilla y, Dios me perdone, oigo que le dice al Señor, sin ninguna ceremonia, tanto, que yo creí que hablaba con algún visitante:

«Tú sabes bien el problema que tengo con estos niños. ¡Yo no soy de hierro! Tú lo estás viendo igual que yo. ¡A ver si me echas una mano! ¡Que se me ocurra algo! Si tú dejaste que se formara este lío de la guerra —así mismo, ni quito ni pongo—, mira a ver cómo me ayudas a salvarlos. Procura que los del otro lado del mundo tengan caridad. Y mientras tanto, consíguenos pan, medicinas y mantas. ¡Y ayúdame con el papeleo, que no doy abasto!»

Lo que no podía saber la comentarista, sor Marcelina, es que sor Patricia puso cara de humilde desamparo cuando susurró:

—¡Dios bendito, ten piedad de mis criaturas!

ESA NOCHE sor Patricia recorrió el amplio salón donde dormían los niños. Mirándolos, un sentimiento ambiguo, entre deslealtad y lástima, le apretaba el pecho. Se apoyó un instante en el postigo de la ventana, por donde entraba una luna imperturbable. La noche oyente infundía paz. Era como si Dios Padre, acallándolo todo, le dijera:

—Habla, hija mía.

Sor Patricia comenzó a confiarle, mientras andaba por los pasillos:

—Tú sabes bien que Saigón es ya un infierno. ¡No encuentro manera de salvar a estos niños! ¡Sólo he conseguido que adopten a cuarenta! ¡Vienen de la guerra y me los piden sanos! Yo me los llevaría a todos contando con que allá, al verlos, la gente sentirá misericordia, o quizá remordimiento. Pero, ¿cómo, Señor? Y aquí me ves de noche, caminando entre las cunas y decidiendo: «éste se va», «éste se queda». ¿Te das cuenta qué difícil? Tú bien sabes que no me formo líos por gusto. En mi lugar, ¿tú qué harías? Mira, a éste no he conseguido colocarlo. Tri. Pobrecito; tiene el nombre bien puesto: «Espíritu». Me aprendo lo que significan en vietnamita sus nombres, para no confundirme. Este es Xuan —«Primavera»—, y sí que lo parece. Con dos años, come de todo a todas horas. A veces tengo que quitarle la leche para dársela a los que más la necesitan. Ya sabes que nunca tenemos suficiente. Pero no entiende y me la pide y llora. Para Xuan conseguí la adopción enseguida. Envié una foto y, a vuelta de correo, todo resuelto: un matrimonio católico de Montana. Pero es la excepción; la mayor parte de las veces es tal la cantidad de papeles y trámites que no doy abasto. Mira, la regla que yo me hice fue sacar primero a los más chicos y a los más enfermos. Como a Son —«Montaña»—, que debe tener un año y apenas levanta la cabeza. Como a Than Huy —«Agua Azul»—, que vino de Danang herida de metralla y hubo que amputarle las manos. Como a Hoang —«Amarillo»—. ¿Cómo no va a estar amarillo con la hepatitis que tiene? Sí, sí, ya sé que debiera separarlo de los otros, ¿pero qué quieres que haga si ya no tengo sitio donde poner las cunas? Como a éste, Lam —«Bosque»—, y ahí lo tienes: raquítico, contrahecho. Si pasan aviones, se aterra y nadie logra callarlo. Y éste, no recuerdo su nombre, se pasa todo el tiempo llamando a alguien, supongo que a su madre. A esta niña, Mai, me la trajo sor Marcelina anoche, casi muerta, y tengo que salvarla. Este que siempre se está riendo es Tani —«Corazón»—. Tiene ocho años y está hecho un toro, de fuerte, así que por eso «Corazón» se quedará aquí. ¡Y tengo yo que explicárselo! A veces quisiera que tú fueras yo, y yo ser tú. ¿Qué les digo? ¿Cómo les explico que no pueden ir a América, que tienen que quedarse aquí? Y a Tuyet, ¿cómo voy a dejarla? Sí, ya sé que no debo tener preferencias, pero la tengo conmigo hace cinco años; es casi mi hija. Luego, ¡me ayuda tanto con los niños! Cuando lloran, hago lo que puedo con la poca gracia que me diste: les enseño el crucifijo, se lo acerco para que te vean y les repito tu nombre. *Papa Dieu, Papa Dieu;* así, en francés, porque aquí todos lo hablan, y así es como te llaman los niños en vez de «Dios Padre». Pero Tuyet los arrulla en vietnamita y enseguida los calla. Hasta a mí me consuela esa niña. Cuando ya me vence el cansancio y la cabeza parece que me estalla de tanto pensar, se da cuenta y me pasa la mano por la frente sin decir palabra. ¿Cómo decirle que no irá conmigo? ¿Qué culpa tiene de haber cumplido doce años y de estar sana? ¡Ay, Señor! ¿Por qué no vienes tú a decir a los que entienden, como a Tuyet, que tienen que quedarse? ¡A los que entienden y conocen el ruido de los cohetes y las bombas, y recuerdan las fugas y se aterran, Señor! ¿Por qué a mí, que soy tan poca cosa, me dejas esta carga?

8

ERA UNA de esas tardes largas que no se acaban nunca. María Gómez cambió de sitio sus macetas con flores, les dio alimento y les habló un poco. No había nadie en la casa.

—¡Ahorita ustedes son las únicas que me necesitan! —y, mirando una violeta esmirriada y paliduzca, la regañó, como antes regañaba a sus hijos.

—¡Tanto que te cuido, te riego y te saco al sol y no pones nada de tu parte! ¡Derecha! Así.

La violeta se quedó apoyada en una hoja, como soñolienta. Una brisa ligera la hizo balancearse un poco y perdió el equilibrio.

María Gómez suspiró.

¡Ya no tenía hijos! Los suyos habían crecido, iban y venían con guantes de béisbol y bates, y sus zapatos de tenis, que ni siquiera hacían ruido. Hablaban poco, en inglés, de cosas deportivas o técnicas. Siempre estaban

65

sudados. El minuto que pasaban en casa, sólo para comer o bañarse, eran como dos ciclones que todo lo riegan y destruyen. A no ser que estuvieran enfermos o se les cayera un botón de la camisa, no decían «mamá». Una reja que nadie veía los separaba de ella. Huían de besos y mimos, como si los humillaran. Si les decía, porque de algo tenía que hablarles: «¿Hicieron la tarea?» «¿Ya se bañaron?» «¡Saluden a su abuelo!» «¿Dónde han puesto las llaves?» o «¡Límpiense los pies antes de entrar en la casa!», contestaban: «¡Oh, *mom!*» —no *mamá*, sino *mom*—, con cara de fastidio. O, peor, decían con gesto de cansancio: «¡Cuándo nos dejará tranquilos de una vez!» O cambiaban miradas y coincidían: «¡Se está poniendo imposible!» Si, por casualidad o nostalgia, le enseñaba a alguna amiga sus álbumes de fotos, comentaban: «¡Qué ridículo!».

María Gómez se sentía inútil y estorbosa.

O sea, que, teniendo todavía muchas ganas de ser madre, mucha canción de cuna que improvisar y más cuentos de los que pudiera pedir un niño pedigüeño, no le quedaban hijos. Extrañaba a los suyos, y a veces se sorprendía pensando que éstos eran otros, y que los suyos estarían en algún sitio y que regresarían algún día.

Al atardecer, cuando por irse el sol y quedarse inmóviles los árboles aumenta la soledad de los solos, María Gómez pensó bordar otro cojín inútil. Pero se encogió de hombros:

—Total, ¿para qué?

Entonces sonó el teléfono. Y un timbre de teléfono, como una carta, siempre puede traer algo que no se espera y que en un dos por tres puede cambiar la vida.

—¿Señora Gómez? Le hablan del «Centro Católico». La señora Manning.

María sintió que el corazón le dictaba aprisa: «¿Será la niña?».

—¡Ah, sí, señora Manning! ¿Cómo está usted?

—Tengo buenas noticias. ¿Podría pasar por mi oficina mañana a las nueve? Tengo algo que pudiera interesarle.

María Gómez no lo dijo a nadie y comió y durmió aprisa, a ver si cuanto antes llegaba el día siguiente.

A las nueve en punto estaba frente a los ojos azules.

—La he llamado, señora Gómez, porque nos ha llegado una petición de la «Agencia Internacional Católica».

Hablaba con lentitud, y María, en el borde

del asiento, se decía mentalmente: «¡Que sea lo que pienso! ¡Dios mío, que sea lo que pienso!».

—Como usted sabe, la situación en Saigón es desesperada.

«¿Será posible que me llamen para hablar de política?», pensó María.

—La ciudad está prácticamente cercada. Caerá hoy o dentro de unos días. Pero todo está perdido.

Hizo una pausa y María vio que la señora Manning y ella estaban funcionando en tiempos distintos. La señora Manning paseaba sobre las palabras; ella las oía corriendo.

—Pues bien, acabamos de recibir un cable firmado por sor Patricia. Nosotros tenemos un orfanato en Saigón, «El Buen Samaritano», y ella lo dirige. Una mujer extraordinaria. No puede imaginarse. Irlandesa...

—¿Y qué decía el cable? —la interrumpió María Gómez.

—Nos pide que consigamos padres adoptivos para una niña.

—¿De meses?

—Un año, más o menos.

—¿Y cuándo puede tenerla?

—Será cuestión de una semana, tal vez dos.

María experimentó tal sensación de alegría,

que la señora Manning se le antojó la persona más buena, servicial, justa y eficiente que había visto en su vida.

—Decidí llamarla a usted, aunque en estos momentos tenemos cientos de peticiones reclamando niños. ¡Nos tienen locos! Los teléfonos no paran un minuto. Ahora resulta que todo el mundo siente remordimientos por los pobrecitos niños huérfanos. ¡A buena hora, digo yo! Todo el mundo tiene el corazón y los brazos abiertos para recibirlos. Pero yo no me fío de esas lástimas súbitas. Le tengo más fe (perdóneme, pero por algo llevo diez años en esta agencia) al que quiere y ha querido un niño desde hace mucho tiempo. Pruebas al canto: hace poco un matrimonio nos acosa con llamadas y peticiones. Les consigo un niño. Hermoso, de unos ocho meses. Pues, ¿quiere usted creer que en menos de veinticuatro horas lo habían devuelto con la excusa de que el médico de la familia le había encontrado un soplo en el corazón? ¡Rugidos es lo que debían tener los infelices! Por suerte, Dios aprieta pero no ahoga, y otro matrimonio se hizo cargo de él. En cuanto lo cuidaron como Dios manda, empezó a crecer y a mejorar... ¿Qué le iba diciendo? ¡Ah, sí! Perdóneme, pero tengo una cabeza... En fin, que soy poco lógica, aunque no me gusta confesarlo. El caso es que cuando la vi a usted, en la pantalla de mi radar se iluminó una luz que no falla, y me dije: ¡será una madre magnífica!

María no entendió bien lo del radar, porque estaba convirtiendo en realidad el sueño. ¿Cómo sería? ¿Cuándo se lo diría a Luis? ¿Qué muebles le comprarían? ¿En qué habitación debían ponerla?

—¿De acuerdo?

—Sí, sí, de acuerdo.

—Bien. Necesito su firma, y la de su esposo, naturalmente.

—Por la tarde se la traigo.

—Entonces, ¿es suya la niña?

—¡Sí, claro que es mía!

—Es una niña enfermiza, víctima de la guerra. Desnutrida. Sólo pesa unos cinco kilos. Aún no le han salido los dientes. Ah, ¡y es vietnamita, por supuesto! Espero que no le importe.

—¿Importarme? ¡Si es mi hija, señora Manning! —respondió María casi ofendida.

—Se llama Mai, que significa «Flor» en vietnamita —terminó la señora Manning, como quien pone fin a una carta y la rubrica.

Cuando María Gómez iba de vuelta a su

casa, deslizándose en una nube de expectación y alegría, pensó de pronto en la violeta mustia de su patio. Y nadie supo por qué la señora morena, de ojos risueños, que iba en el tercer asiento de la derecha en el autobús de las seis, rumbo al oeste de Miami, repetía: «¡Mai! ¡Mai!», y miraba al aire como si, al decirlo, la palabra fuera floreciendo.

EL MARIDO no halló modo de callarla o de hacerle pensar. María se lo presentó como cuestión decidida, y no dejaba pausa para un solo «pero». Además, lo abrazaba riendo.

Luis se rascó la cabeza, puso cara de «a las mujeres no hay quien las entienda», y dijo meditabundo, pero contento, lo que siempre le había aconsejado su padre:

—Si tu mujer quiere que te tires del balcón abajo, procura que sea bajo.

Y no tanto por la niña, sino por la mujer joven, alegre y animosa que había recuperado, decidió no pensar mucho las cosas. Que la luz que va por delante es la que alumbra, y más vale pájaro en mano que ciento volando. Miró a María entre sonriente «y qué remedio me queda», y dijo:

—A ver, hija, ¿dónde tengo que firmar?

Al día siguiente, en tono distinto, más grave, y como si fuera locura o capricho de María, comentó mirando a su compadre Juan, entre el café y el humo del cigarro:

—¿Sabes que a María se le ha metido en la cabeza adoptar una niña? ¡Vietnamita! —exclamó, observando si lo comprendían o lo criticaban los ojos oyentes.

El compadre, que era gordo, semipoeta, orador de fechas patrias, muy devoto de la Virgen de la Caridad y concejal por Oriente, le dijo:

—Mi hermano, ¡ésa es una obra grande! —levantó los brazos como si abrazara a algún gigante, y añadió—: ¡Una cadena de amor que une a todos los exiliados del mundo!

Muy satisfecho de lo bien que le había quedado la frase, la vio cincelada en mármol, o como lema de asociación benéfica, o rodeando el botón dorado de alguna solapa benemérita; se admiró a sí mismo y echó una gran bocanada de humo.

9

En el orfanato *El Buen Samaritano* se había producido por esos días de abril un eclipse de sor Patricia. Lo que se sentía —más por su silencio y su ir y venir preocupado que por su ausencia— era sombra, una sombra espesa. Porque sor Patricia estaba o no estaba (salía a hacer gestiones y regresaba tarde y cansada), pero lo que faltaba de ella era la chispa de sus ojos, que parecían ascuas. Y su saber decir en cada momento qué había que hacer, cómo y cuándo. Sor Patricia era como una constitución en dos pies, que a todos abarca, o como mapa de caminos que a todos fija rutas. Sin ella, el orfanato parecía barco que navega sin brújula.

Sor Marcelina trataba, la pobre, de dividirse y sustituirla, pero le faltaba tener (como tenía estando presentes los ojillos inspectores de sor Patricia) a quién recurrir en caso de duda y de quién murmurar en voz baja si las cosas no salían como debieran. Le faltaba ese don casi mágico que tienen algunas maestras o directoras de colegio, de dar dos palmadas fuertes, erguirse y lograr un silencio respetado y profundo con sólo decir: «¡Niños!».

Sor Patricia estaba ausente, cansada, insomne, de mal genio y mal comer, porque, por una vez en la vida, la maraña de peligros cercanos y su propia impotencia le impedían ver claro qué mandar.

Los rumores parecían nubarrones espesos; los traía la sirvienta Huy, que disfrutaba al comentar y predecir desgracias.

—Sor Patricia, me dijo mi sobrino que ayer, a unas calles de aquí, hicieron presos y fusilaron a cinco vietnamitas infiltrados. ¿Qué le parece? ¿Usted lo sabía?

—Sor Patricia, mi sobrina Ling, que trabaja con un coronel, dice que los americanos salen de aquí en estos días. ¿Sabe cómo? En helicópteros. Van a despegar de las azoteas de los edificios americanos, cuando caiga Saigón. Anunciarán por radio que la temperatura está subiendo en Vietnam. Después tocarán no sé qué canción americana de Pascua. Esa es la contraseña. ¿Usted lo sabía?

—¡Ay, sor Patricia, hoy por poco no vengo! Las mujeres han salido a la calle a hacer barricadas con piedras. Dicen que para impedir el paso de las tropas. Y yo me digo: «¿Pero no ven que si los del Vietcong no entran tampoco salimos nosotros?».

—¿Usted sabía que en 1954 la gente de Vietnam pasó a cuchillo, ¡a cuchillo! —decía, abriendo los ojillos amedrentados—, a todos los que formaban parte del gobierno? ¿Usted lo sabía?

Sor Patricia murmuraba que sí o que no, y trataba de esquivar el tiroteo de noticias. O las descartaba pensando que la viejita Huy era una palabrera, una lleva y trae chismosa, y que entre el pavor y el miedo estaba como Pedro en su casa. Por tanto, no eran los rumores lúgubres de Huy, sino las verdades mondas y lirondas que sor Patricia leía en los periódicos o averiguaba con personas amigas, lo que la tenían a mal traer y sin sueño. Y, aunque cada una venía con fecha distinta, en el preocuparse de día y las vigilias de noche de sor Patricia formaban una madeja confusa y aterrante.

«¡Caen las provincias de Kontum, Pleiku, Carlac, Quang, Tri, Thua Thiu. Y, a sólo cincuenta millas al norte de Saigón..., ¡la de Binh Long!»

«¡Más de mil soldados del Vietcong se infiltran a diario en la ciudad de Saigón!»

«¡En París, los representantes del Vietcong amenazan con destruir la capital, a menos que dimita el presidente Thieu!»

«¡Thieu se niega a dimitir!»

«¡Dieciséis divisiones del ejército de Vietnam del Norte se aprestan para el ataque a Saigón!»

«¡En el desesperado intento de abordar aviones y barcos que salen de Danang con rumbo a Cam Rah, soldados vietnamitas atacan y dan muerte a refugiados indefensos!»

«¡Desesperadas gestiones para lograr la salida hacia Estados Unidos de dos mil huérfanos vietnamitas!»

«¡Los Estados Unidos no han proporcionado aún transporte para evacuar a los huérfanos!»

—¿Qué hago, Dios, qué hago con estos niños? —le preguntaba sor Patricia al Cristo de su estudio, crucificado y silente.

Nada podía mandar, ni decidir, ni hacer, porque por ningún sitio se abría camino la esperanza.

Una noche, sor Marcelina le llevó una bandeja con té y tostadas.

—Tiene que comer algo, sor Patricia. ¡No puede abandonarse! ¿Qué va a ser de nosotras sin usted? —le dijo, conciliadora.

En vez de contestarle, sor Patricia exclamó con acento dramático, como si despertara de un sueño:

—¡Ciento setenta y cinco mil muertos, millones de refugiados, miles y miles de huérfanos! Sor Marcelina, ¿por qué existen las guerras?

10

MARIA GOMEZ andaba como quien tiene
dentro una fiesta o una feria de pueblo
bueno. Eran días de abril en Miami, con un
cielo alto, azul, que no acababa nunca. La
luz caía a chorros, inundándolo todo: la teja
roja, la cal blanca y el verdor extenso, in-
terrumpido a veces por hojas amplias, orgu-
llosas y tropicales, o por el morado-obispo de
una planta numerosa y pequeña, de hojas
como espadas (en cada una, florecida, una
breve flor malva de cuatro pétalos, para
quitarle lo guerrero). De las macetas colga-
das caían cataratas ingeniosas de hojas mí-
nimas y esmaltadas; o verdes, festoneadas en
blanco; o verdes por fuera, de corazón rojizo.
Y más fiesta, o tanta como la que sentía
María, celebraban las rosas floreciendo. En el
cantero [1] cuadrado que cabía justo en la

---

[1] Cantero: en América, arriate, cuadro de un jardín.

ventana donde podía mirarlas al amanecer, había unas rosas más rojas que el vino; cuatro, amarillas; otras, tornasoladas, casi caracolas, y otras pocas, puras, blanquísimas. ¡Qué maravilla de abril! ¡Qué alegría la de afuera, cuando la hay dentro!

María tenía ganas de complacer, de oír y ser amable. Estaba tan llena de planes y proyectos que no le alcanzaban las horas del día para pensarlos y repasarlos todos. O sea, que se le había borrado la huella de nostalgias y malos recuerdos, y los «¿a quién no volveré a ver nunca?» de los que dejan su tierra.

Miró con cariño, por primera vez, a «esta patria», la desconcertante de su exilio, y amó, porque iba a ser la tierra de su hija, esta tierra en inglés, donde tanta gente era protestante y donde se corría sin aliento, sin saber a dónde.

No. Era una tierra buena. Y la agradecía de pronto. Tenían otra vez casa, y patio, y frutas, y nadie, de noche, a no ser ladrón, podía venir a hacer registros, o a exigir que apagaran las luces, o a pedirles cuentas por no participar en trabajos que eran obligatorios y llamaban voluntarios. No le iba a faltar en ella a Mai ni día de *Santa Claus;* ni

Halloween [2], cuando los niños se disfrazan de brujas y fantasmas y salen por el atardecer a asustar y a pedir dinero y golosinas, ni playas de interminable arena y sol resplandeciente.

María se regañó a sí misma. ¡Ya basta de estar en este limbo gozoso! ¡A hacer y prepararlo todo!

Primero, la habitación.

—Lo siento, Luis, pero me sacas de aquí las herramientas y las maletas y todo lo que no sirva, que esta habitación ya no sobra: es de Mai.

Allá se estuvieron cargando y tirando cosas viejas hasta que la habitación quedó vacía, con marcas de sucio y un poco oscura.

—¡A abrirle una ventana grande! —dispuso María.

Le pidieron al albañil charlatán, con olor a tabaco y paciencia de viejo, que viniera a abrirla. La ventana vino amarrada al techo del automóvil con mil sogas y recomendaciones. La pusieron vertical y el cuarto, de ciego, pasó a mirador.

—¡Ah, no! —dijo María, viendo las paredes llenas de riachuelos de grietas y manchas

---

[2] *Halloween:* la víspera del día de Todos los Santos.

de moho e historias de otras gentes—. No —decía ante el muestrario de colores—, la quiero de un marfil claro, que refleje la luz.

Y el vecino de al lado, moro con el pelo negrísimo y todo músculos, se ofreció a pintarlo. En camiseta, con el tabaco de lado en la boca, llenó de inmensas paletadas color marfil las paredes. En vez de pagarle, María le preparó un banquete de arroz con fríjoles y masas de puerco fritas y crujientes. Y, cuando le celebró lo pulcro del trabajo, el vecino comentó riendo:

—¡Hija, yo en este exilio he hecho de todo, menos coser para afuera!

El viejo Morales, que vivía del refugio y hacía trabajitos sueltos porque «en este país cuesta más caro vivir que morirse», observó que los bordes del techo no estaban bien terminados. Los remató con una brocha fina, subido a una escalera, mientras repetía cuentos y María le pagaba oyéndoselos. Terminó comentando que la gente joven no es curiosa, ni tiene ese prurito de hacer las cosas bien hechas, como allá en Jovellanos ³, y nada es ahora como antes, y con un lumba-

_____
³ Jovellanos: ciudad de Cuba, en la provincia de Matanzas.

go que ni con fricciones y paños calientes pudo enderezarse en muchos días.

Ya estaba la habitación limpia, con ventanas, pintada y rematada. Pero vacía: retumbaban en ella las voces.

Había que conseguirle muebles. Los vieron de estilo, llenos de marañas y dibujos, en las mueblerías de la calle Ocho, entre sofás de terciopelo rojo fuego y mesas con bailarinas españolas, lámparas como serpientes de metal y grandes sillonetes estilo Luis sin número. Al dueño, un judío, el número 26786 del campo de concentración de Auschwitz —aún llevaba la cifra tatuada en el brazo—, se le humedecieron los ojos al oír la historia, y ofreció un amplio descuento en un juego de dormitorio laqueado de blanco, que a María le pareció una maravilla; por cuatrocientos dólares: cama, cómoda, silloncito ligero, espejo. Todo con tarjeta de crédito y a pagar a plazos.

Tenía ventana y muebles la habitación y faltaban cortinas.

Las hicieron cobrando sólo la tela, con la voluntad y el entusiasmo de participar, dos costureras de Güines [4], hermanas y solteras:

---

[4] Güines: partido judicial en la provincia de La Habana (Cuba).

Nenita y Bibí. Como les habían dado hacía poco un apartamento en un edificio del Gobierno, de ésos donde hay negros sureños y gente conocida de La Habana muy venida a menos, ya no tenían que coser hasta la madrugada, sino por gusto, como éste de hacerle a María —que las llevaba al médico cuando arreciaba el reuma— unas cortinas vaporosas y llenas de vuelos. Mire usted las cosas; ¡ocurrírsele traer una niña nada menos que de Vietnam!

La sobrecama enguatada, finísima, la consiguió María porque Juanita, la manicura, tenía una hermana que trabajaba en una tienda de lujo y se la consiguió con el descuento del treinta por ciento, agradecida por la buena carne y lo bien pesada que le vendía Luis en su mitad cafetería, mitad carnicería y mercado.

Dos viejas de Corral Falso, que todavía cantaban décimas a dúo para entretenerse, porque siempre estaban solas, le tejieron a *crochet* una bandera americana y una del Vietnam.

Fela, que trabajaba en una fábrica de ropa para niños, consiguió baticas, capoticos, pañales, mantitas y vestidos. Les contó el caso de María, y todas las compañeras, presensibilizadas por las novelas de radio que oían durante el día, se emocionaron y las hicieron sin que las viera el supervisor, un «hispano» medio chulampín envaselinado y exigente, «porque no hay cuña peor que la del mismo palo, hija».

Ya estaba el cuarto en marfil, con muebles, cortinas, sobrecama, banderas de Estados Unidos y Vietnam, y el armario atestado como si la niña fuera a llegar mañana.

María Gómez hizo con punto de cruz, bordado al pasado y cantando, cuadritos de la ovejita lanuda, el lobo feroz, el pato Donald y el ratón Mickey; y sintió que no los hubiera, ya preparados, de la cucarachita Martina, la pájara Pinta o la viudita del Conde de Oré.

Los empleados de «El Carmelo», por festejar a su patrón, compraron una gran muñeca de ojos chinos y la llamaron Mai. Una amiga íntima de muchos años le trajo una pulsera con dos azabaches. Cachita, la pobre, que no tenía más que lo de su pensión y lo que le mandaba su hijo «de pascuas a ramos», apareció con una Santa Bárbara de pelo natural, para que protegiera a la niña en el viaje.

María se sentó al fin en la habitación

ventilada, tan llena de luz y cariño, y casi vio a Mai, una Mai con piel de porcelana lustrosa, pelo brillante y ojos vivos, recibida ya y durmiendo en su cama laqueada.

Una Mai en nada parecida a la que en Vietnam apenas podía sostener la cabeza, y no tenía dientes, y oía mal, y sólo decía *amma,* a ver si alguien, al fin, saciaba su hambre.

11

CUANDO al día siguiente por la mañana
sor Marcelina oyó el timbre, abrió la puerta
y vio encenderse —en sonrisa de «buenos
días» y de urgente «¿puedo ver a sor Patricia?»— la cara del buen irlandés Malcolm
O'Brien, lo tomó a milagro. Cerró los ojos y
le dio las gracias al Niño Jesús de Praga, a
San Patricio y a la Virgen de Fátima. Nadie
como este irlandés gordo, cuarentón, ejecu-
tivo, fogoso, impaciente, a veces mal habla-
do, benefactor del orfanato y más bueno que
el pan de hogaza, podría sacar a sor Patricia
de su ensimismamiento. Además, que tenían
fulgor de noticia sus ojillos azules como
paisajes de cielo.

Sor Marcelina cruzó el pasillo de alfombra
trajinada y matas verdes, se detuvo a la
puerta del despacho de sor Patricia, movió la
cabeza, levantó las manos, las unió con

unción en el pecho y dijo, con un gran suspiro:

—¡Ay, señor O'Brien...! ¡Cómo está...! ¡Ni come ni duerme! ¡Jamás la había visto tan decaída!

Sor Patricia, que los había oído, abrió la puerta antes que sor Marcelina perdiera la cara de Jeremías.

Como no le gustaba que le tuvieran lástima y ante su compatriota presumía de entereza y temple de acero, recibió a O'Brien con un saludo almidonado y contento.

—¡Vaya, hombre de Dios! ¡Ya era hora!

Sor Marcelina se detuvo un instante, a ver si se enteraba de algo.

—Mire a ver, sor Marcelina, me parece que hay un niño llorando —la despidió sor Patricia. Entre O'Brien y ella, sor Marcelina formaba cortocircuito.

Sor Marcelina desapareció con un rebelde complejo de subordinada:

—¡Malagradecida!

O'Brien y sor Patricia confabularon una sonrisa cómplice.

En cuanto cerraron la puerta, sor Patricia achicó los ojillos, unió las manos como para agarrar las palabras que dijera O'Brien e intuyó:

—Vamos, Malcolm, habla o te da una hemiplejía.

—¡Si no me ha dado ya, ya no me da! —enseguida, caminando de un extremo al otro de la habitación y haciendo unos gestos expansivos y llenos de furia, comenzó un ataque frontal contra la burocracia, el papeleo, aquellos a quienes salva sea la parte les pesa más que una tonelada, la Embajada americana, el Congreso, el presidente Thieu, y todas las asociaciones cívico-benéficas creadas y por crear. ¡Gente con sangre de horchata, que no ven más allá de sus narices! ¡Pusilánimes! ¡Estúpidos! ¡Cobardes!

Sor Patricia lo oyó con cara de Mona Lisa.

—Bueno; ahora, Malcolm, dame los datos.

—¿Los datos?

—Sí, sí, los datos. Ya me hiciste el editorial; ahora quiero los datos.

O'Brien la miró y continuó aún:

—Tú me conoces. ¡Tú sabes que cuando se me mete una cosa entre ceja y ceja...!

—Sí, sí. Te conozco, te conozco —dijo sor Patricia, haciendo gala de la amistad antigua.

—Que no me ando con chiquitas, tú lo sabes bien.

—Sí, lo sé.

—Que digo «por ahí voy» y por ahí voy,

llueva, truene o relampaguee. Y que, aunque me esté mal el decirlo, tengo buenos amigos, contactos, gente que confía en mí. No me falta decisión ni coraje. Creo que lo he demostrado. ¡No se crea una compañía internacional de más de un millón de dólares, de la noche a la mañana, así como así!

Sor Patricia obvió la hojarasca y lo obligó a la síntesis:

—¿Y?

—Nada. Me fui a Danang. Tomé un avión... ¡A costa mía, que conste! Vi aquello. ¡Daba miedo! ¡Un horror! ¡Un viaje al infierno! Iba decidido a evacuar la gente que cupiera: doscientos, trescientos refugiados. La gente se prendía al avión; no me dejaban cerrar la puerta. ¡Desesperados! ¡Horrible! ¡Por poco me matan! ¡Parecían locos! ¡Había soldados que por subir al avión empujaban a los viejos, a los niños! Saqué mi pistola del cuarenta y cinco, disparé unos tiros al aire. ¡Creo que nunca he dado más empujones y puñetazos! Cerré la puerta. Ordené el despegue y saqué a la gente. ¡Hay que hacer algo por estos niños! Hay que sacarlos cuanto antes. En Washington están espera y aguarda y cuando se decidan va a ser demasiado tarde.

—Llegué hace tres días, y con la misma me voy a la *Asociación de Amigos de los Niños*, les ofrezco un vuelo gratis, oye tú, gratis, para sacar de Saigón (¡la ciudad está cercada, cae en cualquier momento, aquí va a ser peor que en Danang!) a cuatrocientos cincuenta huérfanos. Me dicen que vaya a la *Agencia Internacional de Desarrollo*. Voy; expongo el caso. Vueltas y más vueltas. Voy a la Embajada, muevo cielo y tierra. ¡Nada! Los burócratas... sí, porque no son más que burócratas hijos de...

—Sigue —dijo sor Patricia, deteniendo con un gesto la palabrota.

—¡Es que se le revuelve a uno la sangre! Salen con que el avión no es seguro, que si los riesgos, que no pueden responsabilizarse. ¡Como si en algún lugar fueran a estar peor que aquí! ¡Como si uno fuera un cafre sin seso, para exponer a los niños! Les ofrezco el mejor piloto, el mejor avión: un DC-8 de carga, que es una maravilla. Nada, que los tales Amigos de los Niños se atemorizan. Y me quedo yo con el avión preparado, con todo dispuesto y sin niños. ¡Hay que ver! ¡Saigón me niega la salida! ¡Washington, tres cuartos de lo mismo! Entonces pensé en ti y me dije: «Malcolm, vete a ver a sor

Patricia, que ésa sí tiene el corazón en medio del pecho y se atreve a cualquier cosa». Y aquí estoy.

Sor Patricia hizo una rápida valoración de riesgos; inconscientemente apretó en su mano izquierda el crucifijo y, mientras el corazón le latía con furia y casi se le doblaban las piernas, dijo:

—¿Cuándo salimos, Malcolm?

—¿Tú también?

—Claro. ¡Yo también!

—Prepáralos. A las dos de la madrugada estoy aquí a recogerlos con un camión de carga.

—¿Cuántos, Malcolm?

—Ochenta. Más, sería un peligro.

—¡Tengo que dejar quince! —suspiró sor Patricia.

O'Brien salió ordenando quehaceres mentalmente y casi no se despidió de sor Marcelina, que esperó a la puerta, por si alcanzaba a oír algo.

Sor Patricia se acercó a la ventana, miró a Dios en el cielo o dentro de sí misma, y le dijo:

—¡Padre, ayúdame! ¡No dejes que me equivoque!

Después no tuvo ya ni un solo minuto para permitirse el lujo de dudar.

Llamó a sor Marcelina. Le dijo el proyecto, esperando consejos, advertencias, premoniciones, desgracias y «no puedo responsabilizarme».

Pero cada cual es un pozo de fuerza escondida, y nadie puede medir cuántos cántaros llena el pozo de nadie.

Sor Marcelina se puso lívida.

—¿Usted volverá, sor Patricia?

—En cuanto deje a los niños a salvo.

—Váyase tranquila. Yo me haré cargo.

Sor Patricia no pudo ni agradecer siquiera. Le temblaba el cuerpo.

Y fue sor Marcelina, fuerte como quien desde arriba le nombran comandante en jefe, quien dijo:

—¡Animo! ¡No hay tiempo que perder!

A LAS TRES de la madrugada, en el aeropuerto de Tan Son Nhut, un camión de carga se detuvo frente al DC-8 4314 de la Compañía Internacional de Transporte. Sor Patricia y Malcolm O'Brien habían trazado al detalle el plan. Primero, con la ayuda de dos azafatas voluntarias, fueron montando a los niños mayores en las bandas cargadoras de caucho que ascendían hasta las puertas, abiertas como ostras. Sor Patricia les había advertido del peligro y de la necesidad de silencio, pero el ascenso les pareció diversión de feria más que fuga, y reían por todo. Eran niños. Luego, cargados de dos en dos, los bebés, a quienes sor Patricia les había dado un tranquilizante con la última toma de leche.

No lo consultó siquiera. Estaba ecuánime como siempre y más dirigente que nunca. Sus ojos y sus oídos absorbían de un vistazo cada situación, la asimilaban, y disponía lo preciso y lo posible en el menor número de palabras claras. Saludó al piloto, que estuvo cortés y parco. Simpatizaron. Saludó a las azafatas. Una era ágil, inteligente; cada movimiento suyo estaba destinado a ser útil. Cuando vio subir a los niños en su pequeñez desvalida y confiada, alzó las cejas y cambió una mirada con sor Patricia, en la que las dos se reconocieron madres. La otra, intuyó sor Patricia —porque ninguna vibración hubo en sus ojos azules y maquillados—, tenía el orgullo de la supereficiencia. Por hacerla sentir quién mandaba y cuándo, al verla intercambiar un susurro —chiste o cita— con el piloto-hombre, le clavó una mirada monjil y punzante.

Recorrió el avión: sin ventanillas ni asientos, era como una sala volante y oscura, con las paredes y el piso cubiertos de mantas y colchas grises. «¡Un ataúd metálico!», pensó que diría sor Marcelina. Pero descartó el mal pensamiento: ¡A lo hecho, pecho, Patricia O'Leary! Pondría a los niños acostados por parejas, para que el mayor protegiera al más pequeño.

—Así —dijo, tomando el brazo de uno mayor y colocándolo como cinturón de seguridad sobre un niño más chico y amedrentado—. No lo dejes por nada.

Dividió los pañales en ocho grupos. A la azafata número uno —ya había descartado a la otra— le entregó las bolsas con los biberones de leche. Ayudada por Malcolm O'Brien, que sabía hacer nudos marineros, aseguró las cunas a los garfios destinados a amarrar la carga. Previno peleas entre dos chicos hostiles, poniéndolos separados. Y al primero que se puso en pie, lo agarró por los hombros y lo forzó a acostarse, con tal segura autoridad, que el chico no dijo ni pío.

En quince minutos, antes de llamar la

atención y de que se viera que eran niños y no carga, como decía el plan de vuelo del DC-8 4314, todo estaba dispuesto. Sor Patricia y Malcolm O'Brien recorrieron por última vez el pasillo, acallando, contestando preguntas y asombrándose de la mezcla de miedo y aventura que reflejaban las caras pequeñas.

Mai se despertó, se sentó en la cuna, miró a su alrededor, vio un mundo extraño e irreconocible y rompió a llorar. Antes de que despertara a los otros, sor Patricia la alzó en sus brazos, la acunó contra su pecho y decidió hacer el viaje cargada con ella. La niña apoyó la cabeza en su hombro, miró el crucifijo y se quedó quieta, con los ojos abiertos. Dándole pequeñas palmadas en la espalda y susurrrando una mezcla de rezo y nana, sor Patricia se tranquilizó más a sí misma que a la niña.

—¿Listos?

—Listos.

O'Brien entró en la cabina. Se hizo un profundo silencio, entre respeto a la máquina llena de misterios y abandono o total cesión del albedrío, en el que cada cual siente que ya nada puede hacer por sí mismo.

El piloto Tom Headly sintió la omnipotencia del mando. En Corea, en Africa, o en el Vietnam de la guerra, había acumulado un eficaz equipo de reacciones instantáneas. Tenía la mano segura, vista de águila, juicio rápido y la absoluta seguridad —casi fatalismo— de que no era la pericia propia ni el estado del tiempo, sino el misterioso dado del azar lo que llevaba un avión a su destino o a su muerte. Varias veces había sabido controlar el pánico del último minuto de la vida. En Italia, siendo copiloto, derribó de un puñetazo a un piloto, aterrado por el mal funcionamiento de un tren de aterrizaje. En Africa sintió el impacto de las ametralladoras antiaéreas en los motores de su nave. Volando sobre el Sahara, con cuarenta pasajeros a bordo, se mantuvo sereno, como si no tuviera nervios, cuando vio incendiarse un motor. En el difícil aeropuerto de Lisboa, aterrizó atravesando un espeso toldo de niebla. En vuelo a Guam, los guerrilleros envenenaron el agua, y vio morir a su navegante, sin inmutarse ni abandonar el mando. Estaba hecho al peligro y la aventura y nunca se sentía más cabalmente hombre que cuando los vencía. Era reconcentrado, de poco hablar. Tres rayas profundas había hecho la tensión en su frente. Era suma de avión y hombre, y en el aire, nadie podía disputarle la confianza en sí mismo. En tierra, desprovisto de mando, padecía unas furias repentinas y fugaces que le habían costado la felicidad dos veces, pero lo dominaba, a pesar suyo, un corazón que se arrepentía de su soberbia dolorosamente. Aspiraba a ser bueno.

Apenas Malcolm O'Brien le habló del proyecto loco que tenía en mente, contestó:

—De acuerdo. Cuenta conmigo.

Lo mismo dijo el guerrillero Hoang Shu, que infiltrado desde hacía dos días en Saigón, traía órdenes precisas de derribar los aviones de carga. Ahora, acostado en los matorrales, al final de la pista, junto al teniente Tuang y a un chiquillo, casi un niño, que dijo llamarse Ong y les servía de guía, aguardaba con una almohada a la espalda para evitar el golpeteo de la ametralladora calibre treinta contra sus costillas. Su corazón contaba los segundos.

Tom Headley se sentía lúcido, sereno, como si en verdad llevara carga y no niños, y no hubiese llenado con informes falsos el plan de vuelo, ni se jugara su licencia de piloto en la aventura. Revisó por última vez los instrumentos; vio la vibración de las agujas, arrancó las turbinas y, tomando el micrófono, transmitió en argot de piloto su voz capitana:

—Saigón Torre. Aquí, noviembre, Charlie, cuatro, tres, uno, cuatro. DC-8.

—Cuatro, tres, uno, cuatro, adelante. Aquí, Saigón Torre.

—Saigón Torre, cuatro, tres, uno, cuatro, solicita autorización de despegue.

—Cuatro, tres, uno, cuatro, autorizado a Yokata, según plan de vuelo. Despegue pista nueve. Altímetro 3001. Viento de sesenta grados, variable. Notifique listo a despegar.

—Cuatro, tres, uno, cuatro, manteniendo. Listo para despegue.

De pronto, como un relámpago, se oyó la voz de alerta.

—¡Mantenga posición! ¡Mantenga posición! ¡Guerrilleros al final de la pista! ¡No encienda las luces!

Súbito, se apagaron todas y el aeropuerto se convirtió en una sábana de sombra.

Instintivamente, Tom Headley avanzó las palancas al máximo. Se apoyó sobre los pedales del freno con todas sus fuerzas. Por su cerebro desfilaron vertiginosamente una millarada de disyuntivas confusas.

Sus ojos vieron, nítidas, imágenes de aviones destrozados por guerrilleros del Congo. Fija, delante de los instrumentos, miraba la cara del navegante muerto y veía su propia vida en un relampaguear distorsionado y confuso. Sintió que lo llamaba una voz querida: «¡Tommy! ¡Tommy!», y que perdía la voluntad de decidir.

Entonces, el otro Tom Headley, el de las reacciones instantáneas, tomó el mando. Encendió los faros del despegue. Soltó los frenos. Como un dragón desbocado, el avión devoraba la pista. Headley tiró hacia el pecho el timón de la cabrilla. Oyó el tableteo de las balas contra el fuselaje. Ahora, con la fuerza titánica, instintiva, de quien no cede la vida, volvió a tirar el timón. Ya consciente, otra vez en dominio, el piloto Tom Headley apagó las luces e hizo un violento viraje de treinta grados. Libre y a salvo, el DC-8 ascendió a la noche abierta.

12

Señora María Gómez? Tiene una llamada de larga distancia de Oakland, California. ¿Acepta el cargo?

—Sí, sí, acepto.

—¿Oiga? ¿Es la señora María Gómez?

—Sí, sí, diga.

—Le habla sor Patricia, desde el Centro Católico de Oakland. Su hija adoptiva Mai...

(A María el corazón le dio un vuelco.)

—Diga, dígame, por favor. ¿Pasa algo? ¿Dónde está?

—Aquí, en Oakland, sana y salva.

—¿Dónde?

—En Oakland. Hemos llegado hace ocho horas. Queremos saber si puede venir a buscarla. No disponemos de personal para llevar a cada niño a su destino. Podría enviársela a Miami a cargo de una azafata. Pero es mejor que venga usted. La niña está débil.

—Sí, yo voy. Yo voy.

—¿Cuándo podría venir? Tenemos demasiados niños. No damos abasto.

—Hoy mismo. Hoy mismo salgo.

—Tome nota, entonces.

—Espere, por favor. ¡Carlos, un lápiz, papel, corre!

—A ver, dígame.

—Centro Católico de Oakland, California. 23456 Forest Hill Drive. Por si fuera necesario, nuestro teléfono es el 234-4738. No olvide traer los documentos de adopción.

—Sí, sí. Pierda cuidado. ¿Cómo me dijo que era su nombre?

—Sor Patricia.

—¿Pero usted no estaba en Saigón?

—Sí. Hasta ayer. Vine en el vuelo con los niños.

—¡Dios la bendiga!

María Gómez dejó el teléfono y, tratando de controlarse sin lograrlo, llamó a su marido, hizo la reserva para el primer vuelo —el 45Y de la National— que salía del aeropuerto de Miami a las cuatro de la tarde, consiguió el dinero, hizo la maleta sin saber cómo, llamó a un taxi, revisó mil veces su bolso: pasaje, dirección del Centro, dinero, tarjetas de crédito. Era tanta la tensión de sus nervios, que no logró aplacarlos en las cinco horas del vuelo más lento que había hecho en su vida. ¿Cómo era posible que tantos pasajeros estuvieran tranquilos, durmiendo o mirando imperturbables la ancha carretera de nubes inmóviles?

Aterrizaron sin retraso. María corrió por los pasillos largos, recogió su maletín de viaje, le dio dos pesos a una sonrisa de muchos dientes, tomó un taxi, vio pasar calles y luces y maravillas de paisaje que nunca le importaron menos. Mantenía los ojos fijos en el pelo negro del taxista chino que le describía la ciudad con gran satisfacción y *eles* en vez de *erres* en su inglés de chino. «¿Pero cómo habían hecho el aeropuerto tan lejos de la ciudad?», se impacientaba María.

Al llegar al Centro Católico, en lo que se le antojó casi un siglo, sin saber qué hacía, le dio la mano con efusión, sacó dinero, se le cayó el monedero, lo recogió el chino, siempre sonriente, y María Gómez le dijo en español, que entendió él, por tanto chicano conocido suyo:

—Gracias, mi hijito. Gracias.

El chino hizo una reverencia y dijo: «Qué será, será», como en la canción, creyendo que decía: «De nada».

María se alisó el pelo, se arregló el vestido, trató de cambiar tensión por sonrisa y, asombrándose de su propia voz calmada, preguntó:

—Sor Patricia, por favor.

Le abrieron una puerta y le señalaron el pasillo, un pasillo infinito que atravesó jadeante. Una puerta, dos. El corazón casi se le salía del pecho.

Al fin, un gran salón ventilado, lleno de luz, cunas, niños, llanto; al fondo, una figura alta, con hábito negro, que avanza hacia ella, la reconoce, se detiene, alza en brazos un bulto con carita de niña y viene sonriendo a ofrecérsela.

—¿María Gómez?

María abrió los brazos y ni siquiera trató de no emocionarse.

La miraron los ojillos aterrados y oblicuos de una cara que decía: «No! ¡No!», mientras las pequeñas manos, que también lo decían, se aferraban como garfios al hábito de sor Patricia.

—No —dijo—. No, Mai. Vamos, vamos —y la fue separando, despegando de sí.

—Tómela, señora Gómez. No se angustie. Los niños olvidan. Yo lo sé.

Mai lloró en el taxi de regreso, lloró las cinco horas de vuelo, lloró al aterrizar. No hubo leche, ni mimo, ni canto, ni palabra o susurro que la apaciguara.

Lloró cuando se acercaron el padre y los hermanos y los parientes nuevos, que la rodearon pensando: «¡En qué lío se ha metido la pobre María!», y diciendo, discretos:

—¡Pobrecita!

—¡Es que extraña!

—¡Parece una miniatura!

—¡No tiene más que ojos!

—¡Qué va, hija, esa niña no puede tener ni seis meses!

Ya muy tarde, cuando la tomó en sus brazos la abuela adoptiva, llena de paciencia, canto y protección dadivosa, Mai oyó un leve tintineo. Fijó la vista. A tientas, separándolo de las otras medallas, logró agarrar el crucifijo que llevaba la abuela pendiente del pecho.

Por primera vez sintió que algo inteligible unía a los dos mundos distintos. Ahora sí, segura de que al fin este Padre saciaría su hambre, pidió:

—Papa Dieu, *amma* —y se quedó dormida.

EL BARCO DE VAPOR

SERIE ROJA (a partir de 12 años)

Colección GRAN ANGULAR

Edición especial: